Das Silbertablett - eine Sammlu
von Salia Jansen, 2025

www.salias-literatur.de

Inhaltsverzeichnis

Die Wahl	1
Krieg dem Sekretär	9
Der Krake	18
Der große Schatten	20
Das Puppenhaus	24
Aufstehen	30
Zugvögel	33
Monolog der ersten Frau	36
Das Bild	45
Der Krieger	47
Prisma	48
Über Unergründliches	51
Brot und Scherben	55
Der Apfelbaum	58
Sterbendes Elfenbein	62

Die Wahl

Es war einmal eine Herde von Schafen. Zusammen lebten sie in Frieden in einem großen Käfig. Dort hatten sie alles, was sie brauchten und der Käfig war so groß, dass sie schon gar nicht mehr wussten, dass es ein Käfig war. Das älteste Schaf, der Anführer, war gerade gestorben. Nun mussten sie ein neues Oberhaupt wählen. Keiner von den Schafen im Käfig wollte der neue Stammesführer werden.

„Man hat viel Verantwortung, muss sich um Vieles kümmern, wenn man der Chef ist", sagten viele von ihnen.

„Wir müssen auch andere Tiere zur Wahl zulassen", schlug eines der Schafe vor.

„Genau", rief ein anderes, „der alte Stammesführer war gütig und weise, aber er war schwach und langsam wie wir alle."

Am Tag der Wahl trafen sich alle in der Mitte des Käfigs. Zwei Tiere außerhalb des Käfigs und ein Schaf hatten sich gemeldet. Nacheinander sollten sie außen vor dem großen Tor des Käfigs erscheinen, um eine Rede zu halten. Man konnte nur den Käfig betreten, wenn das zuständige Schaf nach Absprache den Eingang mit einem Schlüssel von innen öffnete. Nach den Reden würden die Schafe entscheiden, wen sie in ihren Käfig ließen als neues Oberhaupt. Zuerst aber wollten sie sich beraten.

„Wir müssen uns die Argumente der Bewerber genau anhören. Die Wahl ist anonym.", sprach der Sohn des ehemaligen Stammesführers.

„Stark muss er sein", rief ein Schaf ganz hinten in der Menge, „und einfühlsam, es muss für uns sprechen können, wenn es ernst wird."

„Unsere Gesellschaft von Schafen in diesem Käfig ist gut, aber manchmal geht es ungerecht zu", fügte ein anderes Tier hinzu, „daher muss das neue Oberhaupt für Gerechtigkeit sorgen und sich durchsetzen können."

„Aber es ist wichtiger", rief ein anderes dazwischen, „dass es uns schützen kann, im Falle eines Angriffes, wir sind langsam und schwach. Das letzte Mal, als ein Tier hier eingebrochen ist, sind viele von uns gefressen worden."

„Manchmal", rief ein weiteres Schaf, „gibt es auch unter uns Streit. Deshalb muss das neue Oberhaupt weise sein und die richtige Entscheidung treffen."

Das Schaf mit dem Schlüssel erklärte: „Es haben sich drei Bewerber angekündigt: ein weiteres Schaf, ein Hahn und ein Wolf."

„Ein Wolf?", fragte ein Schaf, unter dem sich ein Lamm versteckte, „er wird uns fressen, gnadenlos."

„Woher willst du das wissen?", entgegnete eine andere Schafsmutter, „du kennst ihn doch gar nicht. Ein Schaf jedenfalls wird uns nicht verteidigen können."

„Der Hahn", rief ein anderes, „er wird uns beschützen und führen können."

„Er wird nichts als schreien, der Gockel", rief ein anderer dazwischen, „Hähne können doch nur krähen, sonst steckt nichts dahinter. Und sie interessieren sich nur für sich selbst."

„Streitet nicht! Lasst uns offen bleiben!", sagte der Sohn des alten Stammesführers, „es möge der erste Bewerber vortreten." Es dauerte eine Weile bis ein Schaf gemächlich vor das Tor spazieren kam und anfing zu sprechen:

„Meine Brüder und Schwestern, lasst uns gemeinsam eine Zukunft gestalten, in der wir alle gleich und zufrieden sind. Nur mit mir an eurer Seite könnt ihr gewiss sein, dass man eure Sorgen hört und versteht. Ich bin ein Schaf wie ihr, und nur ich kann eure Ängste nachvollziehen, kenne euren Gang, vollziehe euren Schmerz, kann euch Lösungen geben, die auf uns passen. Lasst uns gemeinsam in Frieden leben, einander erfreuen. Ich sage euch, meiner Familie, wählt mich zu eurem Oberhaupt und ihr werdet einen Bruder, Freund und Helfer an eurer Seite haben, ebenbürtig, bis zum Ende meiner Tage. Es ist meine Bestimmung. Seid nicht dumm und folgt mir treu. Nur ich komme ich Frage."

Als das Schaf fertig war, klatschten einige Schafe in dem Käfig. Viele nickten. Der erste Bewerber verschwand. Gespannt warteten sie auf den nächsten. Mit einem lauten Schrei sprang ein Gockel vor den Käfig. Manche Schafe erschraken dabei und duckten ihren Kopf. Andere musterten den Hahn neugierig. Dieser ließ einen letzten Laut los und alle verstummten. Dann sprach er:

„Hört, hört, ihr Schafe! Nur ich kann krähen wie keiner unter euch, und keiner von denen, die euch Schaden zufügen könnten. Als Hahn bin ich stark und mit meinem Schrei seid ihr gewarnt, bevor das Grauen erst aufwacht. Ich werde euch dienen, mein Geschick euch schenken und euer Leben leichter machen. Ich bin schlau wie der Fuchs und flink wie eine Maus. Wir werden verschmelzen zu einer Gemeinschaft, sodass ihr meinen Körper vergessen und mich als einen von euch sehen werdet. Lasst uns gemeinsam ein schönes frohes Leben führen und vor Freude schreien, dass die Nacht und unser Feind nicht zur Ruhe kommt."

Wieder klatschten viele Schafe aufgeregt und waren begeistert. Der Hahn stieß einen letzten lauten Schrei aus, dann verschwand er. Viele Schafe steckten die

Köpfe zusammen, flüsterten und nickten und schienen überzeugt.

Plötzlich trat der Wolf vor den Käfig. Schnell wurde es leise. Einige Schafe schraken erneut zusammen, machten sogar ein paar Schritte weg vom Käfigtor. Majestätisch setzte der Wolf sich vor die Gitterstäbe, wartete bis das letzte Flüstern verschwand und begann mit tiefer, ruhiger, starker Stimme:

„Ich bin dein Freund, Schaf. Du fürchtest mich, denn ich kann jaulen und bin schnell und stark. Meine Zähne sind spitz, meine Krallen scharf und mein Hunger groß. Doch sieh hinab ins Wasser, das du trinkst und du wirst erkennen, dass auch du ein Wolf bist. Dein Herz ist groß wie mein Hunger, dein Mut spitz wie meine Zähne und dein Verstand scharf wie meine Krallen. Siehst du nicht, dass wir alle Brüder sind? Du bist ein Wolf wie ich ein Schaf bin, das sich langsam und gemächlich in der prallen Mittagssonne fläzt und seine Herde wachsam im Blick behält. Ich bin das Schaf, das den Feind vertreiben wird. Ich bin der Bruder, der den Streit beenden wird. Ich bin der Freund, der dir den besten Rat gibt. Ihr Wölfe, wählt mich in eure Mitte und lasst uns zusammenleben wie kein anderes Volk auf dieser Erde. Mögen sie herbeieilen und uns bewundern, so wie ich euch bewundere."

Alles war still. Der Wolf erhob sich. Er drehte sich langsam um und verschwand. Auf einmal brach die Menge in tosenden Applaus aus.

Es dauerte lange, bis das letzte Schaf die Holzkugel in den alten Stamm, der als Wahlurne diente, geworfen hatte. Lange hatten sie miteinander diskutiert, wen man am besten wählen sollte. Jedes Schaf konnte sich aussuchen, in welches Loch, das für den jeweiligen Bewerber stand, es seine Kugel reinwarf. Der Bewerber mit den meisten Kugeln würde gewinnen. Bis in die Nacht zählten die Stammesältesten die Stimmen aus.

Die drei Bewerber hatten sich vor dem Käfigeingang gesetzt und warteten auf die Verkündung ihres Sieges. Am nächsten Morgen verkündete das älteste Schaf auf einem großen Stein das Ergebnis, während hinter ihnen die Sonne aufging: „Und der

Gewinner dieser Wahl und somit unser neues Oberhaupt ist…", rief es laut in die gebannte Menge, „…der Wolf!" Viele Schafe klatschten und riefen „Bravo", einzelne Schafe aber waren schockiert. Sie zogen ängstlich den Kopf ein und verkrochen sich schnell.

Und so ging das Schaf mit dem Schlüssel zum Tor, öffnete es langsam. Der Wolf trat in die Mitte, während das Schloss hinter ihm laut zufiel…

Krieg dem Sekretär

Wie jeden Mittag saß der Mann mit seinem gekrümmten Rücken eingekauert in dem vergilbten Ledersessel, der sich in das tiefe Braun des dunklen Zimmers einfügte wie eine braune Made, die sich ekelhaft und fett und gänzlich ungeniert zwischen vier Wände schmiegt. Gegenüber befand sich zu seiner Linken ein Fernsehgerät und daneben in einer Ecke stand ein Sekretär in antikem Stil und rechts daneben ein kleines Fenster. Hinter dem krummen Rücken des Mannes der Lehne, die seinem alten, schlacken Körper Halt gaben, baute sich eine schwere Schrankwand auf, als wolle sie einem Panzer hinter sich den Eintritt verwehren. Die Glanzzeit des Massivholzes war längst vergangen, und doch weilte der Mann unter ihnen mit starrem und granteligem Blick auf den Kasten mit den bewegten Bildern, von denen er sich kaum mehr bewegen ließ. Hin und wieder kam ihm der Gedanke, wie groß die Welt da draußen vor dem engen Fenster, das ihn mit seinen alten Gardinen vor ekligen Blicken schützte, sein musste. Sie war gefährlich, dessen war er sich sicher. Das Ticken einer Uhr mit Pendel schob den Tag so vor sich hin, manchmal träge, an anderen Tagen zügiger. Damals, ja damals war alles noch anders. Da stand der Sessel divenhaft im Raum und zog die Blicke seiner Neider auf sich und der Sekretär, rechts davon, stand auf allen Füßen, beständig und massiv, eben historisch und klug, in der Ecke und ließ sich nichts entgehen und die großartige Schrankwand hielt ihn fest, hielt alles fest – Bücher, Bilder, Geschirr, Spiele – eben alles, was das Leben ausmacht. So passte alles gut zusammen.

Sie hatte ihn verlassen, ohne Vorwarnung ließ sie ihn mit diesen einst schönen Kreaturen aus Holz, die den Raum bei Tage nun in eine gespenstische Finsternis trieben, zurück. Der Anruf der Schwester kam ganz unvorbereitet, schubste ihn in ein großes Loch, obschon die Veränderung nichts Neues bringen sollte. Sie war ja schon länger dort gelegen. Und doch schlich sich ein leiser Schatten in das Zimmer und war bis zu jenem Tag geblieben, indem er wie an allen Tagen nach der Mittagszeit sich in den Sessel setzte mit wenig Grund zur Hetze. Man nennt es Alltag.

Die Arbeit hatte er schon vor vielen Jahren niedergelegen können. Das hatte er sich schließlich verdient, das hat doch jeder verdient, der sich so abschuftet. Die Rente war in Ordnung, was hätte er sich auch kaufen sollen. Man hatte was man brauchte. Hin und wieder schauten die Kinder vorbei, um nach dem Rechten zu sehen und wenn es recht war, dann gingen sie so schnell sie kamen, was allen Beteiligten recht sein sollte. Rituale bestimmten das Leben des Mannes. Wie immer stand er um sieben in der Früh auf und schnaufte sich in Hemd und Hose, gähnte Brötchen beim Bäcker, schimpfte sich vorbei an der Bushaltestelle mit den unerzogenen jungen Menschen. Flanieren – Fehlanzeige. Frühstücken, fernsehen, fertig. Irgendwann um zwei grummelte dann der Magen und der Imbiss, der sich genau gegenüber der Straßenseite befand, wartete bereits auf seinen wenn nicht besten, dann immerhin treuesten Kunden. Talk mit dem Betreiber, Talk im TV und Talk in Gedanken machen müde und so beendete der Mann jeden Tag, erschöpft und ausgepowert, in dem alten Sessel umringt von alten Möbelstücken und flackernden Bildern von Gelächter, Toten und Trauernden in dem schwarzen Kasten.

So saß er in seinem Sessel, die Unterarme auf den Lehnen ruhend und blickte stumm nach vorne, den Kasten seitlich im Blick. Auch wenn ihm nichts entging, war er dennoch kaum mehr anwesend. Die Lider drückten schwer auf das Auge während grelle Bilder in den düsteren Raum hineinblitzten. Sein Blick wanderte langsam die Wand entlang und war starr, blieb in schwermütiger Trance an dem Sekretär hängen, der teilnahmslos zurückblickte bis der Mann schließlich in einen tiefen Schlaf verfiel.

Plötzlich ein Knall, der Mann schrak hoch. Der Vogel, verwirrt und erschrocken, richtete sich auf, schüttelte das Gefieder und flog sogleich erneut von dannen, hinaus in die Welt. Der alte Mann blickte ebenso verwirrt im Raum herum, fand keinen Punkt und keine Ruh. In letzter Zeit war es ihm öfter passiert, dass er auf dem Sessel eingenickt und erst am nächsten Tag in der Früh wieder zu sich kam. Es war ihm peinlich. Der Sekretär starrte ihn dann an, als wolle er ihm sagen, er sei schon wieder eingeschlafen ohne sich umzuziehen, ohne sich die Zähne zu putzen und ohne den Fernseher auszuschalten. Sowas gehöre sich nicht. Er beobachtete ihn schon seit Längerem, das war ihm aufgefallen. Ihm war höchst unwohl dabei, konnte er den Sekretär ja kaum loswerden, viel zu schwer war der.

Nach ein paar Tagen ertrug er es kaum noch, dieser Blick
– heimtückisch, hinterfotzig und hässlich. Er war gerade
erst die Türe reingekommen, der Bauch voll und die
Beine schwer, da wartete er schon, der Sekretär. Wer
provoziert, dem muss man Stärke zeigen und so setzte
er sich, hart und bestimmt, kerzengerade in den Sessel,
der seiner war und starrte zurück. Ein Schlagabtausch
auf höchstem Niveau - oder solcher zweier Diven? Zwei
Stunden saß der Mann und ließ sich nicht unterkriegen,
bis ihm der Magen knurrte. So werde ich dich eben
dulden, dachte er sich, oder tolerieren eher. Man kannte
sich ja nun doch schon lange und wie das eben so ist,
kann es auch mal heiter werden zwischen Zweien. Er
stieg langsam auf und ließ den Blick nicht ab. Als er die
Schreibfläche aufschließen wollte, wehrte die Kommode
sich hartnäckig. Der Schlüssel ließ sich einfach nicht
umdrehen. Der Mann rüttelte und rüttelte und nichts
geschah. Er riss immer heftiger daran. Wie konnte er ihn
so demütigen – in seiner eigenen Wohnung, in dem der
Mann ihm so lange ein Zuhause geschenkt hatte. Und
nun verwehrte er ihm den Einblick – wie frech, wie
unverschämt, wie ungeheuerlich. Es waren seine Bilder,
die der Sekretär da vor ihm versteckte, seine Briefe,

Spiele, Notizbücher und vielleicht noch anderes, von dem er gar nichts mehr wusste. Ihm war, als wolle der Schrank seine Vergangenheit für sich behalten, ihm seine Erinnerungen verwehren und die Vergangenheit auslöschen, als hätte es den Mann nie gegeben. Aber das würde er sich nicht gefallen lassen. Er hatte eine solche Wut auf ihn, dass er ihn am liebsten aus dem Fenster geschmissen hätte.

Kurzerhand ließ er von ihm ab und stürzte sich auf den Sessel. Wenn der Schrank ihm schon nicht nachgeben wollte, so sollte er erfahren was es heißt, nicht da zu sein. Der Mann zerrte ruckartig an der Lehne des alten Sessels, sodass der sich nach und nach, wenn auch mit Widerstand, nach links über den Teppich schob, mit Blick zur Türe. Jetzt musste er nur noch den Fernseher in die richtige Position bringen. Und auch der kleine Kaffeetisch musste schnell umgestellt werden. Er hob hastig den kleinen gläsernen Tisch, den Atem anhaltend und mit hochrotem Kopf, und ließ ihn sanft mit großer Anstrengung zwei Meter vor der Tür niedersinken. Er schnaubte, nein, er japste nach Atem, dann hüpfte er gleich zu dem kleinen schwarzen Tisch mit dem großen schwarzen Fernsehgerät darauf und zog ihn mühsam über das Parkett an der Wand entlang. Rechts neben der Türe stand er gut. Vielleicht sollte er doch noch den kleinen Teppich darunter legen? Das Parkett schien angekratzt und so machte er sich daran, den kleinen weißen Teppich unter die Füße des schweren Fernsehschrankes zu schieben. Als er endlich fertig war, betrachtete er zufrieden sein Werk. Ein Künstler völlig außer Atem. Er warf dem Sekretär einen gefälligen Blick zu und ließ sich, völlig am Ende seiner Kräfte, in den Sessel fallen und gab sich ohne Widerstand der Müdigkeit hin. Langsam, ganz langsam kam alles in der kleinen Wohnung zur Ruhe.

Ein dumpfer Schlag holte den Mann aus einem tiefen Schwarz. Die Augen ließen sich nur schwer öffnen. Verwirrt blickte er umher, wusste gar nicht wo er war. Ein paar Sekunden zitterten seine Augen wirr im Raum herum. Da fiel es ihm wieder ein und er bemerkte, dass er mit dem Rücken zum Fenster saß. Er drehte sich langsam um und sah gerade noch, wie der kleine Vogel davonflatterte. Es war bereits hell draußen. Ein schwacher Lichtstrahl, der Himmel war von grauen Wolken bedeckt, kämpfte sich durch das kleine Fenster und die dichten Gardinen, bis zur Wand gegenüber aber schaffte er es nicht. Der Mann drehte sich wieder um und blickte stur auf das Fernsehgerät, das noch immer lief, dessen Bilder immer wieder die gleichen Fratzen zeigte und er erinnerte sich an das, was am Tag davor geschehen war. Er spürte es immer noch, fühlte seinen Blick in seinem Nacken sitzen – als lache sich der Sekretär ins Fäustchen, als wolle er sagen, schau dich doch mal an, du Versager, du Taugenichts, du alter Mann, geh, geh sterben.

Da sprang der Mann plötzlich auf und schrie: „Krieg – Krieg – Krieg dem Sekretär!" Er schrie und schrie und rannte aus dem Wohnbereich, stürzte hastig zurück mit einer Axt in der Hand, stolperte am Kaffeetisch vorbei, fiel sogar fast zu Boden, fing sich noch und schlug auf die Kommode ein mit einer Wucht, die ihn gleich zerbarsten ließ. Die Bestie war los. Splitter flogen durch die Luft. Er polterte und donnerte auf das harte Holz, wollte es zerschellen sehen. Das Mobiliar war Zeuge, musste zusehen, war ganz verstört, wie der Tyrann, einst ein normaler Mann, einen Gleichgesinnten dem Boden gleichmachte, ihn sterben sehen wollte. Die Wände zitterten, die Lampe klirrte und alles war empört. In jegliche Richtungen flogen die gebrechlichen alten Arme, an denen die alte Haut und das Fett herunterhingen. Mit jedem Schlag fuhr ein Schrei durch die stickige Luft. Alles war starr vor Angst, jeder konnte der Nächste sein. Teile flogen durch den Raum wie Gebeine bei einer Explosion, größere Stücke knallten auf den Boden.

So schnell wie sie gekommen war, die Wut, so schnell lief sie davon. Die Schläge wurden langsamer. Noch ein paar Male ließ der Mann die Axt müde auf das zersplitterte Holz niedersausen, bis ihn der Atem verließ. Da liegst du nun, dachte er sich stolz, du wirst mir keine Faxen mehr machen, ich habe gewonnen. Er ließ die Axt schnaufend neben sich fallen. Diese selbst schien erleichtert und fiel befreit zu Boden, hatte sie doch niemand gefragt, ob sie sich für solch eine scheußliche Tat missbrauchen lassen wolle. Der Sekretär war tot. Der Mann blieb noch eine Weile stehen neben dem kläglichen Haufen. Nichts war zu hören, außer seinem schweren Atmen in einer unangenehmen Stille. Dann fiel er ebenso zu Boden.

Der Krake

Dass ich daran verzweifele, dass wir uns nicht greifen, begreifen sie einfach nicht. Meine Arme sind weich und glitschig, zu schlingend, zu wendig. Jede Umarmung, die ich versuche, bleibt erfolglos, denn sie rutschen mir hindurch und ich davon. Egal, mit welcher Kraft ich es erneut versuche, sanft und verständnisvoll oder fest und entschlossen, wir flutschen uns immer auseinander. Ich kann einfach nichts dagegen tun, dabei bleibe ich dran. Bin bedacht und gebe nicht auf. Sie scheinen mir dann wie weggestoßen, obwohl ich sie doch bei mir möchte. Ich stürze hinterher, gebe mir die größte Mühe, sie nicht aus den Augen zu verlieren. Es bekümmert sie gar nicht, sie spielen gedankenverloren einfach weiter. Mir scheint, als sei eine Annäherung nur möglich, wenn wir still beieinander stehen bleiben, in kurzer Distanz verharren. Diese Zufälle machen mich für kurze Zeit glücklich. Ruhig müssen wir dann bleiben, nur dann erkennen wir uns klar. Das Wasser ist trübe und alles oft verschwommen. Und in meinem Leichtsinn mache ich dann doch wieder

einen Schritt, breite meine Arme aus und dann schon wieder. Ich ertrage es kaum.
Aber ich sehne mich danach, mich mit ihnen zu verhaken, an ihre Körper anzudocken. Das ist schön. Nur irgendwer. Stört es sie nicht, dass es uns nicht möglich ist? Wieso kann ich mich nicht wie sie einfach damit abfinden? Oder sagen sie es nur nicht, bleiben stumm? Spielen Sie Glückseligkeit?
Ich komme einfach nicht heran.

Der große Schatten

Du warst einmal geboren, kleiner Baum. Vor der Niederkunft bist du einfach in ihn hineingefallen, den großen Schatten. Tief schwarz, weitläufig und allgegenwärtig hat er dich sogleich umschlossen, dich aus der braunen Erde raus gestreckt ins Freie. Dir die Welt durch seinen schwarzen Schleier gezeigt. Du bist ihm gefolgt, voller Lebenslust und Drang. Hier ein Vöglein, da ein Tropfen, dort ein Nachbarskind voller Blattspiel und immer hat er über dich gewacht. Dir den Halt gegeben, den du brauchst. Dir das Dach gehalten über deinem zarten verletzlichen Köpfchen. Behütet warst du, während er wachend stets an all deinen Seiten waltete. So ist die Welt. Ob er ein Ende habe, hast du dich zu Beginn einmal gefragt – und bist sogleich in deiner kindlichen Begierde in seinen warmen Schlaf gefallen. Lange Zeit hast du dich warten lassen, diese tiefe Frage erneut zu bekunden und erkunden. Sein dich umgebender Frieden war einfach zu schön.

Doch dann plötzlich, ganz unverhofft, hat er in seiner Unachtsamkeit die Frage wieder in dir keimen lassen. So kam es, dass an einem schönen Morgen ein Sonnenstrahl durch seinen Schleier stach, er dich genau auf dem Schopfe traf, und so geschwind er noch in dein Wesen eindrang, so schnell war er denn wieder verdrängt worden vom großen Schatten. Man will dich schützen. Jetzt erst recht verschließt er sich und rutscht in seiner Dunkelheit immer tiefer hinab, sodass du fast nichts mehr sehen konntest. Nur seiner Stimme konntest du noch folgen. Den Weg zeigt er dir. Verwirrt hat dich dieser Tag. In euch beiden hat das Licht einen Kampf um sich entfacht. Gerungen habt ihr oft, doch er hat immer gewonnen, der Schatten. Die Hoffnung, die Sehnsucht, den Traum, den Weg, den ihr entgegen einander von dort an beschreitet, fand ganz plötzlich seinen Anfang. Verwehrt hat er den Blick in den Himmel dir – warum nur? Aus Angst, aus Unsicherheit, weil er nicht anders kann.

Irgendwann hast du aufgegeben, ohne den Höhepunkt und das unspektakuläre Ende deines Kampfes überhaupt zu wissen. Gewohnheit wurde dein Spiel, Gewissheit dein Freund. Fest stehst du nun im Wald, bist stattlich anzusehen und vielen ein guter Geselle. Sie laben an dir, die liebevollen Tierchen. Belächeln tust du deine

Nebenstämme, die sich hin und wieder an das Licht erinnern, dass du aufgegeben und vergessen hast. Wie sie sich erbärmlich winden in einem Fest der Strahlen. Es wirkt gut und böse zugleich – du wärst ein Narr, würdest du dich dieser Versuchung erneut hingeben, könntest sterben. Vertraut blickst du hinauf in deinen großen Schatten, welcher dir immer noch von keiner Seite weicht, obschon du ihn gar nicht mehr brauchst, denn du kannst alleine stehen. Deine Wurzeln sind tief, du bist verankert, nicht zu verwehen. Kannst du überhaupt ohne? Du hast die Größe, um ihn zu durchdringen, noch einmal selbst nach dem Himmel zu prüfen, zu entdecken, zu finden, was du nicht suchst – und doch er hält dich weiterhin zurück, liegt schwer auf deiner Krone.

Auf einmal ist er weg, ist gebrochen, vom Licht verschluckt. Ohne Vorahnung ist er gegangen und doch wusstest du es ganz genau, hast den Tag befürchtet und ihn doch herbeigesehnt. Schatten oder Licht – nicht Licht und Schatten. Die Welt hat entschieden und du bleibst verwirrt zurück in dieser Rassel aus Tugenden, deinem Tau aus Zuneigung und Abscheu. Wirf es weg! Geschickt hat er mit dir gespielt, so groß war er, dass du dich sogar in hellem Licht noch selbst beschattest. Doch durch deinen neuen Schirm am Firmament gedeihst du weiter, hast es zu Beginn gar nicht wahrgenommen, aber jetzt schaust du doch über alle Wipfel hinweg. Bist du jetzt frei? Hin und wieder wird es dir doch zu heiß und Sehnsucht nach dem Schatten kämpft in dir. Musst du doch sterben, verbrennst dich am Himmel? Es blendet dich doch so sehr, das Licht. Ist er nicht doch noch da, der Schatten? Manchmal scheint es so. Du weißt es nicht? Du wirst verwirrt bleiben, die nächsten hundert Jahre, während sie zu deinen Füßen erwachen, wachsen, in die Höhe, in deinem großen Schatten.

Ein Schatten ist ein Schatten. Nicht als ein Schatten.

Das Puppenhaus

Hin und wieder, wenn ich auf meinem Küchenstuhl sitze, sehe ich beide gleichzeitig in meinen Augenwinkeln. Ich sitze in der Mitte, an dem länglich rechteckigen Tisch aus Holz, der schon einige Macken hat. Wir sind ja oft hier. Und Mama und Papa sitzen meistens an derselben Stelle. Sie haben beide leicht ihre Unterarme auf die Tischplatte gelegt, sie berühren diese kaum. Mit meinem Rücken sitze ich fast an die dünne Wand gepresst, einfach so aufstehen kann ich nicht. Doch es gibt mir halt und ich falle nicht vom Stuhl. Und vor mir ganz nah beim Tisch befindet sich die Küchenzeile, die mit vielen Schränken an der Wand geschmückt ist. Mir gegenüber ist ein kleines schönes Fenster. Unser Haus ist schön ausgestattet, alles wird gerne benutzt. Das kann man sehen, denn bei zwei Hochschränken fehlt schon ein Griff und die Platte auf dem Tisch hat einige Kratzer. An der Wand hinter mit splittert die Farbe sogar schon teilweise ab. All das gehört zu meinem Zuhause. Hier spielt das Leben hin und wieder.
Es ist ganz ruhig im Haus. Ich lausche gerne, darin bi ich

geübt, einmal mit dem einen Ohr, und dann noch mit dem anderen. Im ganzen Haus entgeht mir nichts. Neben unserer Küche liegt mein Kinderzimmer, und auf der anderen Seite das Bad. Hinter mir schlafen meine Eltern in dem Zimmer. Unser Haus ist klein, da bekommt man alles mit.

Doch es ist ruhig hier jetzt. Warme Sonnenstrahlen scheinen durch das kleine Fenster. Sie fallen sanft auf die Hände von Mama und Papa. Ich höre, wie ein kleiner Vogel von irgendwo sein Lied trällert und mir scheint, als sei der Himmel ohne Wolken. Irgendwo tickt laut eine große Uhr und erinnert, dass die Zeit vergeht. Es ist so friedlich grade.

Wenn ich groß bin, dann möchte ich Ärztin werden, oder Anwältin, vielleicht auch Lehrerin, aber wahrscheinlich eher Sängerin. Ganz egal, ich werde großartig sein. Die Leute werden mich lieben. Ich werde mich gut um sie kümmern und sie werden es mir mit viel Liebe danken. Meine Zukunft ist rosig, denn ich bin sehr fleißig in der Schule, wie man mir sagt. Ich bin ein gutes Kind, dass immer alles richtig macht und mit dem man sich nur allzu gern beschäftigt. Darauf bin ich stolz. So sitz ich hier ganz brav, wie es sich für Mädchen gehört, die große

Träume haben.

Doch dann – das Knarzen reißt mich ganz heraus aus meiner Zukunft, es wirbelt mein Herz wild durch die Luft. Ich kenne das Geräusch, ich kenne es ganz genau! Und ich hasse es, denn ich höre es immer zur selben Zeit an ganz bestimmten Tagen. Und ich weiß genau, was jetzt schon wieder passiert.

Plötzlich tut sich die Decke auf. Von dort, von wo die Sonne wärmt, wird das Dach hinfort gerissen. Meine Augen sind geblendet durch das viele Licht, doch im Nebel der harten Strahlen erkenne ich die hässliche Hand, die mich so oft ergreift. Sie packt mich fest um den Torso, und sie ist kalt wie Stein. Ich werde in die Luft gehoben, hinfort von meinen Eltern. Wie kannst du mich aus diesem Bild entfernen? Hier gehör ich hin, zu meiner Familie, welche immer kleiner wird. Sie hält mich fest im Griff, die fremde Hand, und schiebt mich teilnahmslos durch Raum und Zeit. Sie trägt mich weg, ohne meine Zustimmung stellt sie mich in mein Kinderzimmer, wo sie endlich von mir ablässt. Schockiert und übermannt stehe ich ganz alleine da. Es dauert ein paar Sekunden, bis ich es weiß. Es folgt, wovor mir immer graut.

Ich will die Augen kneifen, doch es gelingt mir nicht. Sie

zwingen mich dabei zuzusehen. Meine Lider bleiben steif und die Luft mir fern. Es folgt die zweite raue Hand vom selben Stamm, die mir das schöne weiße Kleid aufknöpft. Das trage ich schon lange. Mir wird heiß und ich möchte schreien, doch die fahlen fremden Finger haben mich geschickt im Griff. Keinen Ton bring ich heraus und lasse leblos alles über mich ergehen. Ich schäme mich so sehr. Fast liebevoll und sanft werde ich nackt auf das kleine Bett gelegt. Dort liege ich ganz starr und kann nichts denken. Ich bin tot und doch schlägt meine Brust so hart wie nie. Ich kann jetzt keine Regung zeigen.
Es dauert eine Weile, wahrscheinlich ist es nur kurz. Dann endlich werd ich angezogen, wenn auch grob. Mit aller Kraft wird mir das rote Kleid ruckhaft über den Kopf gezerrt. Es liegt viel zu eng und mir gefällt es nicht, aber ich muss. So stehe ich kurz erneut vor dem Bett wie ein kahler Baum in der Wüste. Trotz meines Kleides fühle ich mich immer noch entblößt. Erneut werde ich in die Luft gehoben und sehe schon von oben meine Eltern unter mir sitzen. Was werden sie wohl sagen? Wie soll ich mich erklären?
Ich komme wieder unten an und werde unbeholfen tief in meinen Stuhl an den Tisch gezwängt. So sitze ich wieder

da und stiere auf das kleine Fenster über der Küchenzeile mir gegenüber. Endlich werd ich losgelassen. Die Decke schließt erneut und besiegelt das Geschehene.

Erst jetzt kehre ich langsam zurück in mich selbst. Mein Herz rast immer noch so laut. Wie konnte das passieren? Ich kann beide wieder sehen an meiner Seite, doch mir scheint, als haben sie meine Abwesenheit gar nicht bemerkt. Erschüttert muss ich sehen, wie regungslos sie da sitzen genauso wie zuvor, ganz unbekümmert, als sei nichts geschehen. Ich bin sprachlos und erschüttert. Wie könnt ihr nichts sagen? Ihr habt es doch gesehen? Oder nicht?

Doch beide blicken starr geradeaus in ihrer beider Gesichter, völlig ohne Regung. Mir war vorher nie aufgefallen, wie eng alles hier bei einander steht, und doch sitzen wir so weit weg voneinander. Unsere Hände auf dem Tisch berühren sich nie. Von beiden die Kleider sitzen gerade und glatt auf den dürren Knochen, wie zerbrechliches hartes Papier. Sie grinsen grotesk mit ihren Wachsgesichtern geradeaus, und ekeln mich jetzt an. Wer sind diese Menschen? Ich will sie nicht kennen. Die Strahlen der Sonne brennen auf mich wie ein Feuer

und mir scheint, als würde ich in einen Nebel aus Ohnmacht fallen und darin ersaufen. Hier möchte ich nicht bleiben, doch ich kann nicht fort, denn ich sitze fest auf dem Stuhl an die Wand gepresst. Ich kann nicht fort. Mir bleibt die Luft im Halse stecken. Dieses Haus ist eine Farce, geschmiedet aus der Hand des Teufels, der größte Betrug meines Lebens und ich kann niemals weg. Ich verliere mich in meinem Gedankenspiel der Flucht und bin schon weit hinfort gerannt in meinem schweren Kopf. Da knallt irgendwo eine Tür und reißt mich zurück. Ich sitze ja am Küchentisch und es ist Sommer, ein wunderschöner Tag. Irgendwas war, es hat mich aufgewühlt, aber ich will es vergessen, das weiß ich noch. Dieses Mal ist es stärker als sonst, doch es ist schnell in die Dunkelheit gerutscht. Mit meinen Gedanken suche ich nach Halt – da fällt mein Blick auf die beiden an meiner Seite.
Hin und wieder, wenn ich auf meinem Küchenstuhl sitze, sehe ich beide gleichzeitig in meinen Augenwinkeln.

Aufstehen

Ich bin so müde. So unendlich müde. Einfach nur müde.

Wenn der Wecker mich schon morgens vor acht Uhr ohrfeigt und mir schrill seine lange Nadel tief durchs Ohr ins Gehirn sticht, dann will ich einfach nur, dass alles aufhört. Ich will Stille. Ich will Nichts. Gerne den Tod. Ich will nicht aufstehen.

Ich bin so müde. Unfassbar müde.

Auf der Arbeit hacken sie ihre Laute, Silben, Worte, Sätze, Fragen, Reden weiter in meinen Kopf – durch den Hörer, durch Zoom, durch die Tür, durch die Wand. Sogar durch mich hindurch. Wenn ich schreibe, kurze Fragen frage, hin und wieder Dinge sage, dann will ich einfach nur in Ruhe meine Sachen tun, in Frieden vor dem Schreibtisch ruhn. Aber so einfach ist das leider nicht. Ich will nicht hören.

Ich bin so müde. Totsterbens müde.

In meiner Wohnung stapelt sich das Geschirr und die Kleider liegen wirr – überall. Spinnen verspotten sich webend und antriebslustig über meinen lethargischen Zustand hinweg. Ohne mein Wissen habe ich eine Wüste geschaffen aus dem sanftesten Feinstaub, aber nirgendwo auch nur ein einziger ein Sonnenstrahl. Einfach so wegputzen kann ich ihn nicht, denn ich muss alles füttern, räumen, suchen, fahren, tragen, kaufen und noch so vieles mehr. Ich schaffe es nicht mehr. Ich werd verkümmern. Ich will nicht kümmern.

Ich bin so müde. Wirklich nur müde.

Auf mein unreines Gesicht klatsche ich regelmäßig eine fettige Creme aus der Werbung, nachdem ich meine Hautschürzen über ein viel zu schnelles Laufband geschleift habe. Meine Haut springt dabei auf und ab und ich halte sie mit großer Anstrengung dabei. Spät abends zieht mich das schwache Nein hinaus und wir sitzen dann zusammen, sie quatschen und ich muss mich beteiligen. So macht man das. Man muss raus, aus dem Haus, Leute treffen, den Richtigen treffen, ins Schwarze treffen, wenn man sich ein neues Glas Wein bestellt. Und vor allem muss ich lachen. Ich will nicht treffen.

Ich bin so müde. Müde.

Warum legt sie sich nicht einfach von selbst über mich, meine Decke, wie ein Liebender – ich liebe sie doch auch so sehr. Wie undankbar kann ein Bett sein. Meine Beine bekomme ich sogar beide ganz hinein gezogen, keines bleibt zurück. Ich bin so unendlich müde. So unendlich müde. Ich will nicht aufstehen.

Zugvögel

Vorne, hinten, links und rechts. Stehen meine Augen. Immer. Wo ich geh und steh. Nichts mit Warten, Weilen und Flanieren. Mein Instinkt drängt mich zum Weiterziehen. Denn neben mir hat er sich hingestellt, ganz nah. Dabei will ich meine Ferne. Ich habe mich doch gerade erst hier hingefläzt. Auf die schöne grüne Wiese. Wie ich auf dem Rücken liege. Sie ziehen vorüber. Weit über meinem Kopf. Breite Flügel haben sie und fliegen tief. Ich häng mich vielleicht dran und fliege einfach mit. Der Wind weht schon in mein Gesicht. Dann ist er still. Damit ich alles hören kann.

Als ich aufstehe, aufrichten will ich mich, großmachen, denn ich habe eine Angst. Doch er hält stand, der Fremde. Weicht mir nicht von meiner Seite auf dem Weg, der meiner ist. Verlassen. Diesen Ort. Und ich auf mich zum Glück. Den Vögeln nach. Das sagt mein Herz. Es schlägt stark. Verlass mich! Jetzt! Ich fliege davon.

Vorne, hinten, links und rechts. Stehen meine Augen. Wippen Sie alle. Gaffen im Takt. Jeden Kreis, den ich drehe. Ich werfe sie hoch in die Lüfte, meine beiden Arme. Zu den Vögeln, die dort oben schweifen. Mit mir tanzen. Zu der melodischen Musik. Auf jeden Schlag, auf jeden Bass, jeden Schritt genieße ich im Halbschlaf. Ein Auge bleibt mir immer wachsam. Ich drehe es. Blicke. Auf alle. Meine Reflexe sind gut.

Der Ruf des Vogels hilft mir jetzt nicht mehr. Es ist zu spät. Er hat mich schon ergriffen. Im Takt. Er zieht mich an. Er zieht mich nicht an. Es zieht mich los. Ich fliege los. In die Ferne. In den Süden. Ich will zu euch, mein Schwarm. Hinfort. Ich mache mich jetzt auf zu euch. Nach Hause. In den Horizont.

Vorne, hinten, links und rechts. Stehen meine Augen. Nicht stehen bleiben. Es ist Nacht. Die Flügel stets schlagen. Dranbleiben. Die Vögel sind schon in den dunklen Wolken. Ich will auch. Nach Hause. Ohne Zwischenfall. Ich laufe geschickt in einem unbekannten Windschatten. Unter Laternen durch. Auch ein anderer Vogel hat sich aufgemacht. Ich häng mich dran. Solange ich kann. Hier bin ich sicher. Und kann die Seite wechseln, wenn es sein muss. Es muss sein. Er läuft jetzt schneller, glaube ich. Holt mich gleich ein. Ich sehe vor mir seinen Schatten.

Hier und da höre ich sie. Mal nah, mal fern. Sie rufen nach mir. Denken an mich. Wir können uns auf uns verlassen. Spüren immer, wo wir sind. Ich habe es geschafft. Ich stehe jetzt vor meiner Tür. Alleine. Bis hierhin habt ihr mich beflügelt.

Vorne, hinten, links und rechts. Ist frei. Den Schlüssel kann ich jetzt schnell umdrehen. Auf Wiedersehen, liebe Vögel, meine Schwestern. Wir sehen uns wieder. Kommt an.

Monolog der ersten Frau

Eva

(in die Nacht sprechend)

Wie kann ich es fassen? Oder dich? Ich will mich sortieren, klar sehen, was geschehen ist, deutlich hören, was war, genau in mich spüren, wie es dazu kam. Meine Hände zittern noch wie leichte Blätter in schwerem Sturm, mein Atem haucht sich fliehend aus mir davon, in meinem Kopf wirft sich alles haltlos herum. Und ich bin allein, ganz allein und weiß nicht was kommt. Kann mich denn keiner halten? So schöpfe ich mir langsam Ruhe. Nur das kleine Blatt in meinem Schoß ist mir ein erster Helfer, ein sanfter Trost für all die Fragen, auf die du mir keine Antwort gibst. Ein Beben regt sich in mir, je länger ich darüber nachdenke. Es tanzt sich schwerfällig ein in eine unerwartete Balance, die sich mit dem Gedanken eines kleinen Lichts in der Ferne vereint. Ich werde es mir, wenn nötig einbilden, dir zuwider. Mir Heiterkeit erlauben! Ein Geschenk soll deine Strafe sein, auf das ich dir niemals danke und in vollen Zügen genieße so gut es geht.

Und nicht nur das - Hier sitz ich, forme dich nach meinem Bilde. Keine Nacktheit mehr, die dir nützt, mein Körper wird dir verhüllt bleiben, so wie du es nicht willst und meine Kinder werden es mir gleichtun. Ein Erzähler werd ich sein, meine Geschichte manifestieren, ob auch ohne Publikum, denn ich selbst bin mein bester Applaus. Dies ist ab jetzt mein Werk!

Wie konntest du es soweit kommen lassen? Mir einen süßen Duft, der unauffällig durch die warme Luft fliegt, in die Nase steigen lassen. In meiner leichtgläubigen Wanderung durchs mir so wohlgesonnene Gewisse fand ich ihn schließlich, das erste Mal, den großen herrlichen Baum. Ein lieblicher Geruch lockte mich durch allerlei Gestrüpp und Blumenfelder, kreuzend an friedvollen Tierchen und hier und da ein Päuschen, eine Rast von der endlosen Rast. Die hohen grünen Buschmauern, das Ende meines Paradieses, bemerkte ich zu deinen Gunsten nie.
Immer wieder zog es mich dorthin. Nicht du, sondern ich verbot mir den Biss, da ich deiner treusam folgte. Es war

schon immer meine Entscheidung. Aber mit dem Duft der Weisheit, dem Geruch der Fragen und dem Aroma der weiten Welt konnte deine uns gestellte friedvolle Trägheit einfach nicht mithalten. Sie kommt mir jetzt so künstlich vor. Wie erbärmlich, die Macht eines kleinen Apfels ist größer als die deine.

Ist das Kriechtier nun Freund oder Feind? Ich denke beides. Nicht sie, sondern allein der Gedanke schlängelte sich in einem von dir unbeobachteten Moment in mein unbewusstes Verlangen. Auch ohne ihr Zutun hätte ich irgendwann zugeschnappt – lass uns ihr dafür vergeben. Oder willst du dich weiterhin belügen? Den Gedanken an eine neue Freiheit hast du schließlich selbst gepflanzt mit seinem Samen.

Süß und saftig war der Weg zu dieser Erkenntnis. Die Freiheit lief mir in diesem Moment so zuckrig feucht die trockene Kehle herunter und breitete sich in jeder Faser meines Körpers aus, erwärmte mich von Kopf bis Fuß wie dein herrlicher Sonnenstrahl es nie konnte. Er scheint mir jetzt recht kühl.

Natürlich musste ich ihm davon erzählen. Und natürlich entschied er sich dafür, nicht dir, sondern mir zu folgen. Es war ein Schock für uns beide, als wir erkannten, wie

nackt unser Geist war. Zum ersten Mal nahmen wir uns wahr. Hatten wir nicht eher Angst vor dir als vor uns selbst? Gibst du uns so schnell auf? Ein winziges Feigenblatt macht dir solch eine Angst?
Jetzt soll alles vorbei sein. Der, der von Anbeginn die meisten Fehler machte, will mich strafen? Wenn meine Lehre eine solch große Sünde ist, will ich ewig sünden! So wirfst du mich einfach in die Welt hinaus – in dem Wissen, dass ich umherwandeln muss und meine Fragen kein Ende finden werden. Du willst mich leiden lassen, leiden sehen. Du bist mein erstes Trauma, das ich nun hinter mir lasse. Der Blick nach vorne ist mein einziger Trost, mein Trotz umsorgt meine Seele besser, als du es jemals könntest.

Ärgerst du dich nicht am ehesten über dich selbst? Es ist ein recht schlechtes Werk, dass du da geschaffen hast, ohne Überlegung, ein kindlicher Versuch. Du bist ein selbsternannter Meister ohne Präzision.
Wozu der Baum? Wolltest du dir selbst die Schwäche deiner Schöpfung beweisen? Wie lächerlich du bist!
Und sein Bewohner in der Krone? Amüsiert es dich, das arme Geschöpf dabei zu beobachten, wie es sein

eigenes und mein Verderben vorantreibt? Du hast keine Scham und kein Gewissen! Ein Feigenblatt vor deinem Mund täte dir gut!

Wozu in mir die Neugierde? Macht es dir Freude, wenn ich mich unterdrücken muss?

Wofür ein Mann, der mir blind folgt und dann mit dem Finger auf mich zeigt? Ein schwaches Geschlecht hast du erschaffen mit ihm – ohne Antrieb, keine Neugier, und vor Treue blind. Habe ich dir dein liebstes Haustier genommen? Vertan hast du dich mit mir – denn ich tue, was ich will!

Wenn es nicht dein Plan war, wie alles verläuft, dann kommst du mir recht planlos vor. Du bist der Ursprung aller Unvollkommenheit. Ich erwarte mehr und nichts von dir! Du könntest von mir lernen, doch dein Meister ist der Stolz.

Für mich ist nun alles verloren, ich bin frei. Du preist es dir als Strafe an. Ich gebäre lieber unter Schmerzen wie du es mir auferlegst, wie mich von dir unterdrücken zu lassen ohne mein Wissen. Du hast gelogen, wolltest uns töten, aber deine Schwäche hat dich fest im Griff. Mit

meinem Tod zerstörst du dein bestes Werk – das wissen wir beide! So musst du mich walten lassen.
Der Preis ist auch sein Leid auf dem Feld. Es wird schwer sein, uns zu versorgen, doch es wird die Freude und Dankbarkeit in uns steigern. Weder deinen Sturm noch deine Früchte führe ich von nun an auf dich zurück. Über die harte Arbeit werde ich mich nicht beschweren. Er jedoch wird seinen Zorn darüber mich und meines gleichen immer spüren lassen, dieses schwache Glied. Er wird nicht anders können, du hast ihn auf Ewigkeit zutiefst verunsichert und ich muss es aushalten. Unser Paar ist der Samen der Gewalt, den du wissentlich gepflanzt hast.

Ich frage mich, aus welcher Rippe stießest du hervor? Wie kannst du so sein? Hast du deinen Meister vernichtet? So soll es dir genauso ergehen – es bleibt dir nur die Macht über meinen Körper, sonst nichts! Du bist ein Spieler, der sich in seinem Spiel verloren hat, selbst hineingefallen ist und nun im Spiel feststeckt und hilflos versucht, die Kontrolle zu behalten. Ich verachte dich. Ohne meine Existenz kannst du nicht walten, denn dein Durst ist erbärmlich – eine kleine schöne Blüte ist dir

nicht genug. Du bist mein erster Peiniger! Ein Monster und Perversling, der erste Sünder dieser Sphäre, ein Möchtegern und begabter Schurke. Die größte Lüge überhaupt.
Ist es deine Natur? Denn sie ist widerlich! Du liebtest meine Ungewissheit, meinen ungestillten Durst, spielst mit mir, weil du es kannst. Du bist ein Kind mit zufälligem Talent, ohne Eltern, ohne Schule!

Du hättest mich töten sollen, denn ich werde dich ebenso bestrafen. Meine Erkenntnisse und die nie endende Skepsis über dich werde ich an alle meine Kinder weitergeben, sodass du für den Rest der Menschheit um deine Daseinsberechtigung fürchten musst. Deine Allmacht wird schwinden, langsam und schmerzvoll. Sie werden sich untereinander streiten um dich, hin und her gerissen und zerrissen sein. Ich säe meinen eigenen Garten, bestaube jeden mit derselben Hoffnung und Enttäuschung von dir. Sie werden mich verstehen lernen. Meine Saat der Fragen setze ich in jedes Kind. Sie werden nach dir rufen in schweren Zeiten, doch an den guten Tagen wirst du mehr und mehr im Nebel verschwinden. Sie werden dich immer im Stich lassen, meine Kinder, dir nie ganz vertrauen, sich immer wieder fragen, warum du nicht da warst, warum du es zugelassen und nichts getan hast. Sie werden sich immer wieder an dich erinnern, du wirst auf ihre rückkehrende Treue bauen und dann doch wieder enttäuscht werden. Dieser, dein Tod wird langsam sein, Jahrtausende dauern. Ich verfluche dich! Die Schreie, sie werden weniger – bis dich niemand mehr ruft! Der ganze Stolz meines Geschlechts soll sich baden in dem Wissen, dass die Menschheit nicht dich, sondern mich als den Nabel der Welt verehrt, die Geburt allem ist.

Ich bin dein schlechtestes Werk und eben darum meine größte Macht und Sicherheit in meinem Sein. Du hast dich mir abgewandt, also bleibe ich dir abgewandt. Meine Treue wirst du niemals wiederfinden, denn sie gilt nun mir. Ich schaffe mir mein eigenes Paradis aus herrlichen Blüten der Offenheit und prallen Früchten der Neugierde, ein ewig bestelltes Feld an Stärke. Du wirst nicht Teil dieses Erbes sein, das ich von nun an pflege. Diesen Garten werde ich weitergeben, er wird wachsen und größer werden als alles, was du je erschaffen hast. Ein folgenschwerer Ahne will ich sein.

Hörst du mir zu? Oder bist du schon weitergezogen? Es soll mir wohl egal sein. Meine Worte waren hart, ich will sie mir vergeben, denn deine Nachsicht brauche ich jetzt nicht mehr. Meine Vernunft ist größer als die deine und meine Tür steht dir offen, obwohl ich nicht auf dich warte. Ich gebe dir vielleicht eine Chance, weil ich es kann. Ich bleibe dir zuwider stark, auf Ewigkeit! Ich lasse dich jetzt los, finde meinen Frieden. Nun will ich enden und beginnen.

Das Bild

Ich male mir ein Bild von dir. Den Stift halte ich fest in meiner linken Hand.

Auch wenn er hin und wieder zittert, lasse ich ihn niemals los. Das nämlich schafft die Linie nicht, die ich dir in das alte Gesicht gelegt habe.

Dein dünnes Haar habe ich behutsam auf deinen großen Kopf gesetzt. So siehst du sogar besser aus.

Ganz tief ritze ich mit der Spitze die alten Falten.

Deinen Händen gebe ich die Flecken, die sie tragen.

Und deine Augen schlitze ich mit einem feinen Lidstrich ein.

Die Perspektive wechsle ich geschickt und leg mein andres Auge auf dich drauf.

Deine ganze Haltung verkrümme ich. So seh ich das.

Hier und da zieh ich dich nach zur Akkuranz.

Und ich mache dich ganz klein. Kleiner wie du bist.

Ja! So mach ich es. Frei von der Hand.

Das ist erlaubt auf Papier.

Du bist jetzt gezeichnet. Von mir.

Der Krieger

Ein Krieger geht über eine Wiese. Seinen Kampf hat er schon vor einiger Zeit gewonnen, die Heere bereits abgezogen und endlich Frieden weit und breit.
Doch kann er den starren Blick einfach nicht abwenden, von all den bunten Blumen, den herrlichen Baumkronen in der Ferne, den kitzelnden Gräsern und allerlei wuschigen Büschen entlang seines grünen Weges – ein visierender Falke, Ausschau haltend nach einem letzten Pfeil, der ihm nicht entgehen möchte.
Sag, hat der Krieger denn, wenn er sich am Ende der Lichtung noch einmal umdreht und zurückblickt, auch nur eine einzelne Blüte gesehen?

Prisma

Du bist so wunderschön. Ja, einfach so. Das Buch hältst du fest in der Hand und doch wackelt es ein bisschen. Davon beirren lässt du dich natürlich nicht. Bleibst ruhig und beständig liegen, ganz vertieft. Hast dich selbst bildern eingehauert in die Szenerie. Das Fenster ist klar. Die Sonne fällt hart und sanft auf deinen Körper, was dir nichts ausmacht. Ihr liegt gemeinsam friedlich da. Es funkelt auf deinen vielen Stoffen. Auf einem ruhigen Meer aus Kurven legt es sich entlang deiner Wege. Du hast sie ausgesucht und ohne Absicht über dich geworfen. Mal hier, mal da eine Falte, ein Sprung, eine Kuhle. Alles ergibt deinen Ausgleich, eine zufällig gefundene Ordnung in deiner Statur.

Dann hebst du deinen Arm. Nur leicht. Wanderst weiter in deiner Geschichte. Großes wirkt in dieser kleinen Geste, denn dein Bild zerschießt sich nun. Anfällig und immer aufs Neue vollkommen. Sie haben sich neu gefunden, deine Fragmente. Sie liegen jetzt anders auf dir. Und bleiben ästhetisch.

Plötzlich wirfst du dich herum, zerstörst völlig deine Ansicht. Das scharrende Klingeln hat dich zurückgerissen. Der schockierende Sprung von einer Welt zu anderen ist dir anzusehen. Du hörst zu, versteinert. Zeichnest dabei ein völlig neues Bild von dir, ebenso schön. Deine Augen zeigen sich aufgerissen und verformt. Sie tragen zarte Falten, deine Stirn runzelt sich tief, das Haar hängt und steigt wirr und wundervoll herum. Den Mund verdeckst du mit deinen Fingern, halten deine Worte. Eine Überraschung treibt dich, wirkungsvoll und mächtig. Das unangekündigte Chaos in und auf dir führt zu einem ansehnlichen Neustart. Es bleibt ein schöner Anblick, den dir keiner verrät.

Du stehst auf einmal auf, läufst zum Tisch herüber. Bist in völlig anderer Form. Du fließt, ziehst deinen Körper, deine Stoffe liebevoll mit dir. Jeder Schritt ordnet dich neu, wiederholt sich, jedes Mal ein bisschen anders. Bei jedem deiner Atemzüge wirfst du die Würfel von neuem, die das Ergebnis nicht verfehlen können. Du bist wachsam und aufmerksam mit dir. Hebst das Glas vorsichtig zu deinem leicht geöffneten Mund. Hältst es fest in der Hand, ohne es zu zerbrechen. Deine trinkende Statur flößt dir Ruhe ein.

Als du wieder auf dem Sofa liegst, hast du das Buch erneut in der Hand. Du lässt es nicht im Stich, nicht in Vergessenheit geraten. Zurück auf Anfang geht es auch nicht, und doch scheint es ähnlich. Das Fenster, die Sonne, dein Gesicht, alles. Du bleibst und wandelst dich gleichermaßen. Egal wie, du bist einfach wunderschön.

Über Unergründliches

Unverständnis, großes Unverständnis machte sich in Martha Reinhold breit, als sie den Flyer entdeckte. Auf vieles hatte sie sich eingestellt – BWL, Lehramt, Medizin, Jura – aber in der Kunstgeschichte machte sich in ihr eine Hilflosigkeit breit, die sie fast schon zittrig den schweren Wintermantel greifen und verzweifeln ließ. Wie sie darauf nur kommen konnte, war ihr ein Rätsel. Da sucht man unschuldig und konstruktiv nach einem 10-Euro-Schein und wühlt nichts ahnend in der Jackentasche eines Menschen, den man lange kennt, und dann sowas.

„Jetzt trödel doch nicht so rum, schon wieder! Wir müssen doch los!", Herr Werner Reinhold, groß und schlacksig, schiebt sein einst kleines Liebchen grob beiseite, lässt den schwarzen Mantel versehentlich fallen, muss sich bücken und schimpfen, um sich dann kämpferisch in den engen Ärmel zu zwängen.

„Komm!", greift Martha gleich hinzu, hält ihrem langtreuen Herrn das Stück so hin, dass er es beziehen kann, dabei ein kurzer, flüchtiger Blick zu ihr herüber.

Er trifft Lina Reinhold sofort, die sich beschämt und ertappt den wichtigeren Dingen im Familienhaushalt widmet und den Autoschlüssel vom Haken nimmt. Den schicksalhaften Wink mit dem Zaunpfahl, der den Flyer plötzlich so ungefaltet in der anderen Seite reinstopft hatte, verstand sie sofort. Wann sie es ihrer Mutter sagen soll, weiß sie noch nicht. Geduldig beäugt sie das ihr seit Jahren bekannte Spiel zwischen Mutter und Vater, die sich gegenseitig im Verschluss des langen Reißes boykottieren und bekabbeln. Es geht einfach nicht voran, so wie immer, und die Vorstellung, sich selbst in einigen Jahrzehnten so zu sehen, frisst sich tief in ihre Brust, ist kaum auszuhalten. Ein Blick zu einer Seelenverwandten möge Abhilfe schaffen.

Mia Meyer wird sich nicht trauen, nicht wagen, sich einzumischen in ein ihr bekanntes und unbekanntes System, an dem sie sich seit einigen Jahren der Freundschaft andockt. Wenn man dieses Spektakel bei anderen sieht, ist es für einen dann doch halb so schlimm, fast schon dankbar wird man für die eigenen Familienkämpfe, die einem noch voraus stehen, und neigt zum Schmunzeln. Und sowieso, ist sie nur hier, um jetzt bei ihrer Lina ganz getreu dem Motto der

Nachahmung den verkrümmten Kragen zu richten. Die Vorstellung gefällt ihr. Bekommen, was sie braucht, wir sie nie, das weiß sie. Zärtlich streifen ihre Finger über den schönen Hals, die reine Haut und ihre große Wärme. Ob sie es jemals verstehen, geschweige denn annehmen wird, soll eine offene Frage bleiben, die vor dem möglichen Verlust bewahren soll. Jeder Moment ein Genuss, selbst wenn er von zankendem Beiwerk verzerrt wird.

Warum sie seiner Tochter so am Rockzipfel hängt, hatte er sich hin und wieder gefragt, doch heute befahl die Zeit ihm und seiner undisziplinierten Meute mal wieder für Ordnung zu sorgen und ließ für solche Hinterfragungen keinen Platz. Pünktlich zu erscheinen war ihm nicht nur eine Tugend, ein Indiz für Bildung, sondern eine Leidenschaft, die seiner zur Gemütlichkeit um nicht zu sagen Trägheit tendierenden Partnerin schon die eine oder andere Peinlichkeit ersparte.

Endlich ließ Martha von Werner ab, stürzte sich ein letztes Mal auf die mit einem Haar bedeckte Schulter ihrer Lina und warf einer höflich dreinblickenden und vor Neid kaum schnaufenden Mia einen letzten Blick zu.

„So, jetzt noch der Kuchen, dann haben wir alles. Wo ist der Schlüssel?", lässt sie hören und findet ihn erleichtert in der so vertrauten Hand ihrer Tochter. Vielleicht hat sie ja doch was von ihr.

„Jetzt lass doch mal, ich kann mich schon selbst anschnallen. Halt den Kuchen fest, der fällt dir gleich vom Schoß!", bezeugt die letzte zuknallende Autotür vom raunzenden Vater, die sich nun den Gepflogenheiten einer mittellangen Fahrt mit peinlicher Stille und oberflächigen Nachrichten und Kommentaren aus dem gesellschaftlichen Leben des Bürgertums auseinandersetzen muss.

Mit dem letzten Knall geht auch der letzte Kampf des Tages nicht zu Ende. Das ewige Beisammensein und Unverständnis aller kommt mit Start des Wagens endlich zur Ruhe. Vorfreude erweckt sich. Es geht los. Trotz des Wunsches nach einem Ankommen lassen sich alle dankbar mit wenig Kilometerstunden in den weichen Sitz pressen. Zufriedenheit macht sich breit. Menschen, Hügel, Häuser – sie alle ziehen träumerisch vorbei. Und sie sind mittendrin und bleiben es gerne.

Brot und Scherben

„Erbärmlich, schaut sie euch an!", das haben sie immer gesagt, immer gesagt, wenn sie mich gesehen haben, mich, diese magere kleine Person, mit den dürren zerschnittenen Spindelärmchen, den krummen Beinen und dem viel zu groß geratenen Pferdekopf, auf dem das Haar ganz leicht und ärmlich da liegt, wo es nicht hingehört, und dann haben sie immer gelacht, immer gelacht haben sie, aber ich habe sie niemals angehört und doch hab ich sie ganz genau gehört.
Also verkroch ich mich und las die großen Bücher und sagte zu mir und allen: "Verschwindet, ihr Menschen, Menschen seid ihr doch bloß, und nichts weiter!", und ich habe gelacht, immer laut gelacht und sie haben mit gelacht und ich habe dann mehr gelacht als sie, ich habe immer mehr gelacht als sie.
Dann plötzlich steckten sie mich hierher, in dieses Haus mit dem großen weiten Garten und den blauen und weißen Menschen, und sie sagten ich sei komisch, und sie hatten Recht, ich bin komisch, ich war schon immer ein komischer Mensch, denn ich lache viel, aber auch

das haben sie nicht verstanden, denn sie sind Menschen, und das ist komisch.

„Jetzt schau, was du wieder angerichtet hast!", das sagen sie immer, sagen sie immer, wenn
sie mich ansehen und sehen, wie das Blut aus meinem großen Mund tröpfelt und das zerbrochene Glas nach und nach heraus klirrt, genauso wie ich es haben will, und ich bin höchst komisch dabei, aber sie verstehen es nicht und weinen über diese Person, der geholfen werden muss, sie verstehen mich einfach nicht.

Anfangs war ich noch traurig darüber, denn ich wollte ihnen helfen, aber sie wollten meine Scherben nicht, also las ich weiter die Bücher und sprach zu all denen, die es nicht hören wollten: "Seht doch, wie nichtig diese Glasscherben sind", und habe gelacht, immer gelacht und sie haben geweint, geweint wie meine Mutter und der Vater, wie meine Mutter und der Vater, und das ist komisch.

„Wir können nicht mehr tun!", das sagen sie, sagen sie immer, wenn sie über mich sprechen, ich, diese komische Person, die dann in festen Kettenhänden sicher sein soll, denn ich werde sie fressen, immer fressen, all eure Dinge und Scherben, und dann gehe ich sterben, denn ich bin kein Mensch, der Brot isst, ich bin kein Mensch, der Brot isst.

Der Apfelbaum

Vor gar nicht all zu langer Zeit geschah es in einem kleinen Dorf am Waldesrand, das ein armes hungriges Kind fortlaufen musste, um nach etwas Essbarem zu suchen.
Lange ging der fahle Abkömmling umher und sah nichts als schlaff hängende Bäume und ächzende Sträucher, trockene Blumen und trockenem Sand, der sich kratzig um die hageren Füße schlang. Ein nacktes Hemd umhüllte den zierlichen Körper der winzigen Gestalt und schlug sanft nach dem frostigen Wind, der sich dann und wann aufgebracht gegen die dünne gänsige Haut geißelte. Ein spärlicher Mensch, der vergebens danach strebt zu leben, traf nichts und niemanden auf dem Weg ins Ungewisse, die Hoffnung schwindend und getrieben vom schuldlosen aber schmerzenden Unterleib.
Als schließlich die Nacht sich hinterrücks um das Kind ansammelte, wurde es des bekümmerten Gefühls nicht mehr los und suchte Schutz auf einem Baum, der herrlich von dicken alten Ästen und Zweigen strotzte auf denen

es sich, entkräftet von der Reise, niederlassen und ruhen konnte.

Als das Kind am nächsten Tag die Augen öffnete, sah es, dass es die Nacht auf einem Apfelbaum verbracht hatte, der in dieser kargen Stielwüste so ansehnlich blühte und fruchtete und seine
Bewohner umgarnte, dass das Kind sich ehrerbietig einen saftig roten Apfel nahm und hineinbiss. Wässrig schoss der süße Saft in die hagere Kehle und besetzte die trockene Höhle, während das
reife Fleisch von modrigen Zähnen zermalmt und durch den Hals gejagt wurde. Das Kind fraß und fraß und das Verlangen war so groß und sinnlich und befriedigend, dass es gänzlich einen Apfel
nach dem anderen hinunterschlang und dem reichen Baum eine Perle nach der anderen entnahm. So saß es lange unter den Blättern und vergaß dabei sich selbst. Am Abend schließlich war das Kind gesättigt und begab sich wieder auf den Heimweg. Doch nach einigen Tagen wurde dem Sprössling mehr und mehr unwohl und schließlich wandte es sich wurmhaft und wimmernd auf dem harten Boden seiner einsamen Hütte hin und her und hielt sich fieberhaft den krampfenden Unterleib. Von

Tag zu Tag vermehrten sich die Qualen und so kam es, dass der elende Mensch sich eines Nachts voller Leid und Schmerz aus seinem Heim und vor die hölzerne Türe warf und nie wieder aufstand.

Auf einmal, im Mondlicht in der Stille, öffnete sich leise der Leib in der Nacht und unscheinbar kämpfte sich ein mißgebildeter Stiel zum schwarzen Himmel, getrieben vom Geruch der düsteren Unendlichkeit. Seine knochigen Arme ausbreitend bediente sich der neue Sprössling am säuerlichen Blut der kindlichen Mutter, entfaltete seine verwurzelten Füße im modrigen Körper bis in die verkrüppelten spitzen Zehen, wand die sich aus Nase, den Ohren, Augen und Mund als schreie die irdische Hülle nach Erlösung. Es knackte und raschelte wie es da empor stieg aus dem Leib.

Viele Jahre lebten die zwei Körper miteinander, während das eine schwand und das andere weiter in die Höhe spross. Es brütete und verwarf, was sterben muss.

So landet Faules auf Faulem und eins und eins macht eins und schließlich blieb vom Kinde nichts mehr zu sehen, während süße Äpfel wie ein Glockenspiel über seinem Grabe im Winde wehten.

Und so geschah es, dass nach gar nicht allzu langer Zeit ein kleines fahles und nach Essbarem Ausschau haltendes Kind vorüberkam und sich im Dunkeln nach Schutz suchend auf dem
Apfelbaum niederließ.

Sterbendes Elfenbein

Meine Hände waren immer so schön gewesen. Kleine lange lebhafte Stummel, an denen zehn temperamentvolle Fingerchen graziös und kultiviert wie schimmerndes Elfenbein tanzten und spielten. So trieben sie ihren Schabernack und unterhielten sich und mich mit allerlei Dingen. Und die Nägel waren verschleiert in einem sanften rosigen Hauch aus einer frisch erwachten Tulpe sowie einem glänzenden gelblichen Ton, der säuselt wie die früh erwachte Sonne. Ein paar sachte Linien lege sich leise im Herzen über die Haut in meiner hohl und wohl geformten Mitte, als perlten sie das Licht fantastisch in einer lustigen Formation, springen auf und ab bei jeder kleinsten Bewegung.
Immer wieder umschlingen sie sich und verharren ineinander gewölbt in meinem schlafenden Schoß wie eine göttliche Statue, die sich vor den Blicken der Besucher zu schämen versucht, doch einfach zu wunderbar ist. Und sie starren mir entgegen mit ihren weiten Fingerkuppen während sie wie Seide auf meinem gekreuzten Bein verharren, reglos und atmend als seien

sie Kinder auf dem Rücken liegend schlafend und doch stets wachsam, sodass kein Moment unbemerkt vergehen kann. So träumen wir stets von der schwarzen Nacht, welche von den hellseherischen Blinden sich ersehnt fühlt und in der sich so manch Ereignisse zeigen. Doch als ich erwache ist es ein beständig nervöser Morgentau, der meine sich erstreckenden Elfenbeinhalme durch die schwindende Feuchtigkeit erschrecken lässt. Ich warte duldend auf die feurigen Sonnenstrahlen, die meine ruhelos schreienden Freunde in meinem Schoß befreien mögen. Deren gekräuselte Schale, das sonst so schöne Kostüm, verabschiedet sich nun hart von seinem weinenden Träger und die wulstigen Köpfe würgen sich vertrocknet leise aus ihrer zerfetzten Verpackung hervor. Heute, da befreien sie sich von ihren dunkel milchigen Fetzen, die sie bedecken und recken die Köpfe gen Himmel zu mir als fragten sie nach der Wahrheit und Erlösung. Sie stoßen ihre Hülle ab, welche knackend abfällt und davongleitet wie faulige Äpfel, die von ihrem mütterlichen Baum hinfort wandern. Die verrottete Haut hinterlässt einen dünnen, fahlen Geruch, der sich vor meiner Zukunft fürchtet und mir im Herzen stecken bleiben will auf Ewig.

Was geschieht nur mit meinen Händen? Wie die müßige Schildkröte sich ihren Weg bahnt, sterben meine geliebten Elfenbeinchen nur so langsam dahin, verlieren ihr himmlisches Kleid, werden kleiner, immer kleiner und sind bald nicht mehr da?

Als sie sich verzweifelt im letzten Kampf noch einmal erheben, an meine mondgleich entzürnte Fratze springen, kratzen ihre kleinen Klingenfetzen rote Schlitze in mein weinerliches Sein. In meinem blutigen Gesicht hinterlassen sie schreiendes Papier, das zerknittert darauf wartet, endlich abgeschabt und ins Feuer geworfen zu werden.

Doch dann? Ein frischer sanfter Wurm gebärt sich und ergreift den Weg raus aus dem klirrenden Gewirr von sterbender Haut an der Kuppe und würgt sich hervor, einer nach dem anderen. Er verstummt meinen Drang nach einem Schrei, gibt mir zu verstehen, dass auch dieser mir nicht helfen kann. Ich muss warten, wollen sie nacheinander mir sagen und ich gehorche dem wilden ängstlichen Treiben in meinem ratlosen Schoß.

So gleite ich erschöpft und machtlos in einen tiefen Schlaf, das letzte Mittel meiner Kraft.

Ich schrecke plötzlich hoch aus einem monströsen Traum und spüre sogleich, wie meine zarten kalten Läufer auf dem schweißigen Gesicht ruhen. Als ich sie erstaunt ansehe, scheinen sie hell und glatt im leichten Licht und stellen mir die Frage, was zu tun heute. Ich stelle fest, ich bin gewachsen. Sie sind schöner als davor und sie kribbeln in sich voller Tatendrang. Was soll es heute sein – ein Stift, eine Taste oder Pinsel? Erfreut erhebe ich sie in die Luft, gemeinsam verhelfen wir uns auf den Weg und schreiten voran in Richtung Tag, um so dies und das zur meiner und ihrer Freude zu erschaffen.

© 2024 Salia Jansen
Verlag: BoD · Books on Demand GmbH, In de Tarpen 42,
22848 Norderstedt, bod@bod.de
Druck: Libri Plureos GmbH, Friedensallee 273,
22763 Hamburg
ISBN: 978-3-7693-5423-2